공묵의 처

人人 사십편시선 014

조재도 시집
공묵의 처

2014년 11월 3일 제1판 제1쇄 인쇄
2014년 11월 10일 제1판 제1쇄 발행

지은이   조재도
펴낸이   강봉구

편집   김희주
디자인   bonggune
인쇄제본   (주)아이엠피

펴낸곳   작은숲출판사
등록번호   제406-2013-000081호
주소   100-250 서울시 중구 퇴계로32길 34(예장동) 2층
전화   070-4067-8560
팩스   0505-499-8560
홈페이지   http://cafe.daum.net/littlef2010
이메일   littlef2010@daum.net

ⓒ 조재도

ISBN 978-89-97581-61-0 03810
값은 뒤표지에 있습니다.

공묵의 처

조재도 시집

작은숲

초봄, 장난감, 낮달, 아코디언, 밤하늘 기러기 소리…….
이번 시집에 들어와 있는 풍경들이다.
좀 쓸쓸한
온기가 묻어 있는
無人境의 것들,

이런 것들도 아름다움의 여러 겹 중 하나이겠지.

| 차례 |

여름

그 집에서 여름은 혼자 살았다
여름이
하늘로부터 비를 데려와
흙담 옆구리를 무너뜨렸다
그 구멍 틈새로
생쥐가 까만 눈을 내밀다 사라졌다
여름은
뭉게구름처럼 부풀어 올라
그 집 헛간 구석에 던져놓은 폐목에
헝겊 쪼가리 같은 버섯을 키우고
마루턱까지 차오르게 명아주를 키웠다
빈집을 짜개놓는
매미소리
녹음을 가득 안은 여름이
그 집을 온통 휘저어 풀물 들여 놓았다
그냥 두면

한 백년 꾸벅꾸벅 졸기만 할 것 같은 그 집
능소화 마구 뻗어 오른 대문간
오줌 누는 나에게
한 세월 거저먹으려는 건달 같은 여름이
내년에도 다시 와 공으로 산다 한다

꽃자리

뒤울안
감나무 앵두나무 라일락 나무
아침부터 어머니
풀을 매신다

뭘 거기까지 매고 그러세요, 하자
조금 있으면 꽃 떨어질 텐디
꽃자리 봐 주면 좋지 않간

아, 꽃자리
꽃 질 자리
꽃을 피우는 건 나무의 마음이지만
꽃 질 자리 봐 주는 건
사람의 마음

어머니 손길이 다녀간 자리

환한 그늘에 소보록히 떨어질

감꽃 본다

앵두 꽃 본다

선량한 밤

온 종일 쓰고 다니던 안경을 벗어 늦은 밤에게 건넨다
늦은 밤이 안경을 건네받아 책상에 놓는다

허공에 휘우듬히 뻗은 난초 잎 같은
밤의 손길이 선량하기만 하다

오늘도 나
샛푸른 하늘 아래
쩨쩨하게 굴지 않고
있는 힘 다해 열심히 살았다

민들레 꽃씨 타고
산골짝에 모여 있는 봄을 보지는 못했지만

바닷가에서
뿌웅―, 울리는 뱃고동 소리 듣지는 못했지만

모자

머리를 기르고부터
모자를 쓴다
바람에 날리는 머리칼이 귀찮아
모자를 쓴다
모자는 머리 위에 써야 모자다
하지만 주머니에 구겨 넣어도 모자는 모자다

파란 하늘은
버섯 모양의 구름 모자를
파란 하늘 밑에 쓴다

無色

섹스하고 싶다는
어느 시인의 시를 읽고
나도 그만 섹스하고 싶어졌다
흐드러진 꽃 들판
수천의 여자와
벌처럼, 부지런히

이런 시구를 며칠 째 떠올리고 다니다가
폴란드 화가 지슬라브 백진스키의 그림

이것을 보고
시가 그만 무색해져 버렸다

장난감

장난감을 가지고 아기가 논다
가르르 웃으며 우 우 소리치며
흔들고 빨고 어루만지고
도톰한 손가락 꼬물거리며

장난감은 아기의 全部

일평생 땅만 파신 어머니가
당신의 노동을 모르고 그리했듯
아기는 자기의 놀이를 모르고 논다

금이 가지 않은 통짜의 세계
완벽한 이 열중
아무 것도
아무 것도 바라지 않는
오롯한 집중

장난감을 잃으면
아기는 아기의 전체로 운다

늑대

늑대는 고독하다
뼈만 남은 앙당한 몸에
처연한 울음 길게 우는 것도
고독이 그만큼 깊어서이다

늑대는 외로웁다
그의 귀가 삼각뿔처럼 뾰족한 것도
가장 작은 소리에 예민하게 반응하는
외로움 때문이다

설원의 밤을 향해
옆구리가 한 옴큼 오므라들도록
뽑아내는 그의 처절한 울음

달빛 아래 고독한
늑대가 되자

어둠 속 파란 눈빛으로 형형한

늑대가 되자

지렁이

지렁이에게 흙은 밥

지렁이에게 흙은 집

지렁이에게 흙은 하 – 늘

지렁이에게 흙은 棺

언감생심

신혼 때는
—

10년 되자
뿡!
당신 속 안 좋아
응

20년엔
뿌욱 -
북 -

언감생심
신혼 때의
— 이
그립습니다

초봄

얼음 풀린 저수지

봄바람이
유리창에 붙은 어제 내린 비의
얼굴을 지우는 사이

흙 속의 물
봄 길을 트며
천 리 밖 아득히 흐르는 사이

연두가 나올까
버들개지가 나올까
노란 산수유 꽃이 나올까
아기 앞니가 나올까

째듯한 햇살

사금파리처럼 반짝이는

잎망울 꽃망울 도틈도틈 맺는
환절기 목감기에
내 목도 갈라 터지는

투명

그곳엔 바람이 살데
바람이 울리는 풍경소리가 살데

그곳엔 산수유나무가 살데
붉은 열매 톡 톡 쪼는 동박새가 살데

고요가 살데
종소리의 여운 번지다 번지다 가라앉은 자리
빗방울처럼 고인 고요가 살데

가을엔
산절에 가고픈 마음

쇠리쇠리 얇아져
투명해지고 싶은 마음

댕댕댕 담쟁이가 살데
담쟁이 넝쿨의 담홍빛이 살데

낮달

구름이 흘러가는 높고 파란 하늘

얇은 구름이 가만 가만히 흘러가는 높고 파란 하늘

구름이 내 눈동자 속으로도 흘러가는 높고 파란 하늘

산 너머 산 너머로 흘러가는 높고 파란 하늘

누워 있는 내 몸과 잔디밭이 몽땅 들려 빨려들 것 같은
높고 파란 하늘

풀 냄새도 온통

부푼 가슴도 온통

강아지도

휘파람소리도

온통 빨려 들어가

강아지나 하느님이나 다 같이 높고 파란

하늘, 그 하늘 가

영원의 흔적으로

잠길락 말락

떠 있는

業

슬픔도 파리해져 가는 가을 어느 날, 동구 밖을 지나는
아코디언 소리에 무작정 따라나선 소년은 한 세월 건너 하
얀 나비가 되어 돌아오고

황성옛터
나그네 설움
목포의 눈물

이런,
이제는 아무도 알아주지 않는 가락에 싸여
평생을 가랑잎으로 떠돌았던 것인데

지금도
설움이 핏물처럼 흐르는 가을날이면
무작정 집을 나서, 떠돌고 싶은

30

원시성

밤하늘 기러기 떼 나는 소리
물레 돌릴 때 나는 끼익 – 끽 거리는 소리

*

저수지 가
연애질에 숨찬 붕어 두 마리
서로의 몸 비비대며 파닥이다
수면 위 떠올라
몰아쉬는 숨 자리, 거기
열린 물구멍에서 번져 나가는
동글한 파문

*

영하 23°C

매운 눈보라

우두둑 허리 꺾여 나동그라진

소나무, 향기 진동하는

겨울 숲

*

인간이 가진 모든 것 비우고서야

비로소 들어설 수 있는 문 안에서

스스로 그리되어 가는 것들

어느 먼 옛날로부터 와 잠시 반짝이다 가는 것들

유령

강도 9의 대지진으로 만신창이가 된 후쿠시마 45층 사
무실에서

혼비백산 빠져나와 32층 자기 둥지로 날아들어 간 새,
새는

絶命

외로워

저렇게

절명할 수도 있구나

전선줄 위

죽죽 내리는 장대비 왼종일 맞고 있는 새

고개도 돌리지 않고 날개도 퍼덕이지 않고 울지도 않고

등을 돌리고 앉았는 새

눈물,

덩어리의 새

날개 죽지도 다리도 몸속의 피도 새카맣게 굳어

어느 순간 툭,

떨어져 버린 새

흙집

- 김창태에게

소똥구리가 새알만 한 소똥을 굴리며 간다
물기 촉촉한 소똥은 소똥구리에게 여의주보다 보배롭다
소똥구리의 집이 소똥 냄새로 쿰쿰하다
소똥구리는 소똥을 먹지 않고도 배가 부른 것이다
친구가 집을 지었다
이년 동안 짬짬이 쥐 풀방구리 드나들 듯 드나들며 지었다
황토에 물을 붓고 짚을 썰어 넣어
발로 이겨 지었다
소똥구리처럼 황토 뭉쳐 처덕처덕 벽에 발랐다
짚과 흙이 물에 섞여
짚은 흙에게 튼튼하다
흙은 짚에게 따뜻하다
불 때면 방바닥이 지글지글 끓는다며
언제든지 와 몸 지지라는
지상에 온전한 집 한 채가 오똑하니 지어졌다
세상을 향해

나 내 손으로 직접 집 지었다, 외치는 듯한
그의 걀걀대는 눈웃음에
파란 하늘 빛 선량함이 담뿍 들었다

여행

자, 이제 떠나요

누구나 하나쯤 가지고 있는

모자 같은 꿈

푹 눌러쓰고

나 - 나나 - 나, 새털구름 무게의

콧노래 흥얼대며

봄 햇살이 모여 있는 산골짝으로

흰 눈이 쌓아놓은 겨울 고요 속으로

혼자 떠나면 신선

두셋이 가면 여행

그 이상이면 떠들썩

발자국에 포개지는 달빛 발자국

밤의 긴 여로를 지나

동해도 좋고

서해도 좋고

손세실리아가 운영한다는

제주시 조천면 시인의 집

나 - 난나 - 나, 걸어서도 좋고

기차 타고도 좋고

혼자 가면 신선

두셋이 가면 여행

대안학교

운동장 끝
바다가 남실대고 있었다

더 많이
공부하지 않아도
행복할 수 있겠다는 아이들이
쉬고 있었다

오동나무 넓은 잎새로
우산 놀이 하며

노작 수업 마친 아이들이
쉬고 있었다

정진규 1

칠십 老客임에도
핸섬하였다

서울 종로구 종로경찰서 맞은 편
반 지하 단칸 사무실에서
20년째『현대시학』을 발간해 오고 있었다

그가 파 놓은 시의 샘터에
문학에 목마른 짐승들이 목을 축이다 갔다

『껍질』이라는 시집에
정갈히 만년필로 사인해 주며
시로 만났으니
오래 가 보자고 하였다

순간

골짜기에서 메아리가 솟아나듯
붉은 금이 내 가슴을 긋고 지나갔다

2008년 겨울
어느 날 일이었다

정진규 2

집 앞 조그만 국수 가게에 그의 시가 걸려 있다. 국수발처럼 부드럽고 슴슴한 시이다. 가끔 그 집에 가 국수를 먹으며 그를 만났다. 국수를 먹으며 국수를 먹는 동안 나는 그의 시 「옛날 국수 가게」와 내가 전에 썼던 시 「은산 국수집」을 심중에 올려놓고 가늠해보기도 하였다

이쪽에 언어 하나를 올리면 이쪽으로 기울고
저쪽에 언어 하나를 올리면 저쪽으로 기울었다

그의 시가 내 시보다 無人境이었다

눈꽃 환상

결빙의 온도
싸락눈이 사륵사륵 내렸다
병아리 부리만 한 작은 눈이었다

눈은 내려
한 낱도 허투로 녹지 않고
오롯이 쌓였다

앉은뱅이 나무 껑다리 나무
아름드리 밑동 호리낭창한 가지에
눈은 쌓여

어느덧 산은 순백의 성채
얼음 빛 고요를 가득 머금었다

탄성 이외엔 마주할 수 없는

신의 조각품, 눈꽃들

은회색 산길을 가며
잠시 깊은 생각에 잠겼는가 싶었는데
그 사이 순식간에 눈꽃들이 사라졌다
거짓말 같이
정말 꿈 같이
황홀한 不在만을 남긴 채 증발해 버렸다

눈꽃이 사라진 숲에
엷은 햇살이 비쳐들고 있었다

산을 내려오며
우리가 살아가는 긴 긴 나날에
눈꽃 같은, 짧은, 생명의 반짝이는 아름다움
쩌르르 하게 마주할 일이

몇 번이나 될까 생각했다

화창한 날

파아란 하늘 속 흰 구름 희끗희끗 묻어 있는 날
멀리 논두렁
일하는 사람 하나 둘 나와 있는 날
아스팔트 길 질주하던 코뿔소 한 마리
모내기 한 논에 처박혀 있다
무릎 꿇고 코 박은 채 엎어져 있다
주인이 잠시 조는 사이
날아가는 나비에 한눈파는 사이
에라 모르겠다 뛰어들었을까
질주의 정글에서 벗어나
싯푸른 모와 몰랑몰랑한 흙에 입 맞추고 싶었을까

쉬고 있다

사고 후의 고요함에 햇살만 눈부시다
집 나와 떠도는 산들바람이

쉬는 김에 아주 그냥 푹 쉬라고
건듯거리고 있다

높이뛰기 선수들

산그늘도 초록인 5월 어느 날

쥐똥나무 덤불에 참새 떼 몰리는 어느 어느 날

하늘에 계신 하느님

얘들아 우리 높이뛰기 하자

벼룩이 뛰었다, 자기 키의 8천 배 (와 —)

개구리가 뛰었다, 폴짝

까치가 뛰었다, 날개를 건듯
(날개를 펴면 반칙이었다)

이신바예바가 뛰었다

강아지가 뛰었다

강아지가 뛰자 소가 뛰었고

드디어 바위가 제자리에서 끙 몸을 일으켜

풀썩 뛰어 올랐다

모두가 높이뛰기 선수인 봄날이었다

저수지가

물살에 흔들리며

풀이 외롭다고 했다

지나던 구름이

가만히 옆에 와 머물렀다

잠자리도 날아와 꼬리 잠방거렸다

물이랑이 슬핏 일었다

외롭다니까

잠시라도 찾아와 머물러주는 것들

저수지가

다 함께 아름다운 풍경으로

흔들리는 것들

장마 뒤

강아지풀을 손에 쥐고 쥐었다 폈다 한다

강아지풀이 옴쏙옴쏙 밖으로 기어 나온다

손아귀 가장자리가 풀잎에 간지럽다

논둑을 타고 넘는 붉은 흙탕물

저녁 산*

대낮에
산은
七面七色이더니

날 저물어
컴컴해지자
밖에서 노는 애들
저녁 밥 먹으라며 불러대던
엄마처럼

산새야
멧돼지야
고라니야
다람쥐야

얼른 들어와

얼른 들어와 밥 먹구 내일 나가 놀아
코딱지만 한 벌레까지 죄 다 불러들이더니

어느 새 거뭇거뭇
캄캄해지더니

눈썹처럼
이마에 돋는
노란 초승달

* 정상명 그림 「저녁 산」에서

찬물 한 모금
– 단재를 기리며

영하 10°C
찬물 한 모금에 정신이 쩡하다
오, 물이 술보다 달다
배꼽 아래
까마득한 암반에 가 닿는 물이
쫄 쫄 쫄 빈 내장을 흘러내린다
순간 몸이 부드드 떨린다
시린 닛뿌리만큼이나 선명해지는
사물의 명징성
그가 불온했듯
나의 생이 문득 불온해져 온다

해 진 후*

해 진 후
땅거미 숨죽여 고이는 시간

세상을 바꾸는
신의 고요한 손길

한낮의 여운이 남은
마지막 빛에
사물들 꼼짝 못하고
붙들려 있는 시간

일하는 사람
돌아와 자기 연장을
헛간에 들이는 시간

약간의 서러움과 노곤함이

마른 가랑잎 잎맥처럼
돋아나는 시간

밤 고양이 허리 잘록하게 늘여
어둠 속으로 스윽 기어드는 시간

* 윤재철 시 「매직 아워」 변용

새벽 종소리

한없이 부드럽게 울리는
새벽 교회의 종소리

저 작은 눈송이 같은 소리 안에는
이제 막 잠에서 깨어 새벽기도 가려고 부시럭거리는
할머니의 어둠이 있을 것이고

당신 오늘 안 가
이, 나 오늘은 안 갈텨
베개 맡 노부부의 웅얼거림이 있을 것이고

한 자 두 자
마을을 향해 기어가는
저 한없이 부드러운 종소리 안에는
차가운 마룻바닥
서서히 온기 올라오는 네모 방석에

쪼크리고 앉아
올리는 기도의 눈물도 있을 것이다

지붕 위로
더 낮은 지붕 위로
새벽 미명을 울리는 저 둥근 종소리에는
눈 내린 마을 어두운 고샅이 있어
쌓인 눈 발밤발밤 헤치며 간
할머니의 털신 자국도 있을 것이다

흰 눈이 내려 쌓인 그 나라는

흰 눈이 내려 쌓인 그 나라는

하얀 점박이 같은 함박눈이

밤 새

저렇듯 댓잎 젖는 소리로

내려 쌓여

지붕에 담장에 나뭇가지에

수북이 ─ ,

층층이 두께를 이룬

그 나라는

깜깜할까

환할까

아침이면 저절로 불이 켜지는

하얀 등불 있을까

밥 한 끼

몇 순가락 남지 않은 육개장 그릇 속

밥알 남김없이 건져 먹는다

국물마저 훌쩍 다 마신다

추수 끝난 빈 들 벼이삭 줍던

어머니 생각난다

세수하고 발 씻은 물 화단에 부어주던

아버지 생각난다

땅에 엎드려 울던 사람들

오래된 가난은 따스하고 정겹다

마음껏 퍼 올려도 언제나 공짜다

밥 한 끼에 맺히는

시린 물방울

외로운 사람

그는
외로워
입이 삐뚤어졌다
(침묵은 입을 삐뚤어지게 한다
죽은 송장처럼)

그는 너무
외로워
낯빛이 콩댐한 장판처럼
누릏게 떴다

그는
외로워
방에서 집 밖으로 나가는 길을
잊어버렸다

한 달 간 빗질 한 번 하지 않은
머리칼이
뒤통수에 납작 눌러 붙었다

그는 외로워
입 없는 짐승처럼
소리도 못 질러

그가 아직 살아 있기나 한지
지나가던 세월이 낙엽 되어
창문을 톡톡 두드려봅니다

백수론

선생 하는 일이
벼랑 끝에 대롱대롱 매달려 있는 것 같아서
에라 모르겠다
손 놓아 버린 후
지금도 나는 떨어지는 중이다, 하니

백수 생활 11년 차인 김진경 형 하는 말
한참 더 떨어져야 할 걸
백수과에 들어오기가 쉽지 않아
한꺼풀 벗기도 해야 허구, 하길래

맞아요 그건 그래, 맞장구치며
킬킬대며 소주 잔 기울이는데
문득 흩날리는 눈발처럼 스치는 생각 하나

고독은

놓친 자보다
버린 자의 것이라는 것

산골로 가는 것은 세상한테 지는 것이 아니다
세상 같은 것 더러워 버리는 것이다*, 이 정도는 되어야
백수다운 백수라 할 수 있다는 것

언젠가 생의
벼랑 끝에 매달려 있다가
에라 모르겠다
손 놓아 버릴 때도
우린 백수답게 홀홀히 사라질 수 있을까
마지막 솟는 눈물 한 방울
그마저도 감추고

* 백석, 「나와 나타샤와 흰 당나귀」 3연 5, 6행

목숨

슈퍼에서 사 온 고구마 비닐봉지에
이슬 같은 물기가 서렸다

처음부터 숨 쉴 틈 완벽하게 차단된
비닐봉지 안에서
고구마는 숨 가쁘게
숨 쉬었던 것이다

목숨은 이렇게 보이지 않는 곳에서 아우성이었다
냉장고 야채실
거꾸로 처박힌 양파가 밀어올린
하얗게 질린 아우성

어둠의
축축한 눈빛만 고여 있는
싱크대 밑

싹 트는 검은 콩이 잡아당기는
물 한 방울의 간절함

목숨 있는 것들의
찔긴
끈질긴 …… 발버둥

너무 투명해서 무표정한 비닐봉지
너무 얇아 부드럽게 밀봉된 비닐봉지
입구를 열자
참았던 절체절명의 숨 팍 터져 나온다

영원

    때로 영원 앞에 진저리친다, 흑염소 고아지는 건강원, 선풍기처럼 벽에 걸린 사슴의 박제된 머리, 백년 세월 견디겠다는 몰골 앞에 오스스 소름 돋는다, 영원은 염원의 다른 말이겠지만, 그래서 늘어진 살갗 잡아당겨 살얼음 돋게 하지만, 영원의 눈꺼풀에 피는 곰팡이, 회춘보약 비아그라 백세 건강, 그 후 하염없이 이어지는 하품 하품들

    오, 하얗게 날선 삽날 같은 생이여

사랑의 무중력자

– 故 최진실에게

사랑에 돌진하던 마음이
이별로 돌진하는 것도
중력일 것

사랑할 땐
머리카락 한 올에도 끌렸는데
스친 눈빛에도
일진광풍 일었는데

깨진 유리잔
쏟아진 물
짧지만 그래도 행복했던 시절

이제 눈 감아야
보이는 당신
우리 헤어지더라도

헤어지자는 말은 하지 마요

울면서도 잃지 않은
젖은 미소

사랑에선 멀어졌고
아직 이별에는 가 닿지 못한
당신은 사랑의 무중력자
바람에 우는 문풍지 같은
물 위를 떠도는 가랑잎 같은

사막

사막에 물이 없는 것이 아니다
물이 없는 만큼 있을 뿐이다
그 없는 만큼 있을 뿐인 물 물기를
서로 빼앗아가는 사막

사막을 건너온 이가 있다
갈라터진 입술에
기진한 몸 지팡이 때때거리며
모래바람 더듬어
비척비척 걸어온 이가
오아시스를 지나 다시
사막으로 향하고 있다

이보, 여기가 샘이오, 목 좀 적시구려
말해주는 이 아무도 없기에
사막을 건너온 다른 사람들

낙타처럼 입을 오물거리며 바라만 보고 있기에

가도 가도 끝이 없는
외로운 길 나그네 길
달궈진 철판 위에서
우린 모두 빛의 속도로 죽어간다
모래바람처럼 이승의 출구를 우수수 빠져나간다

열기에 홧홧대는 모래와 모래알 사이
고독
외로움

12억 8천만 광년만큼 떨어져 있는
나와
당신의
거리

타이어

45년째 기름밥 먹었다는
김씨가 자동차 바퀴 너트를 푼다
드륵 드르륵 울리는 기계음에
그의 손이 진동안마기처럼 드드드 떨린다

타이어란 놈이
누워 있을 때나 서 있을 때나
모두 바퀴란 이름을 달고 있는데
폐타이어든 새 타이어든
누워 있을 땐 잠잠한 거시기 같다가
세워만 놓으면 자꾸 구르려 하니
거 참 이상하지 않아요, 김씨가 웃는다

그러고 보니 타이어는
제 몸을 깎아먹으면서도 구르지 않으면 못 견디는 성정
을 지녔다

비탈이든 언덕이든
쓰러질 때까지 구르고야 마는 고집이 있다

그러한 성정과 고집도
일단 자동차에 끼워져 너트가 조여지면
풀지 못할 숙명

뼛속까지 골다공증이 들었는지
어지럼증에 빈혈의 헛바늘 돋았는지
위장이 녹아내려 속 쓰린 위액이 넘어오는지
모른다, 고속회전에 일생을
너덜거린 후 쓸모없이 되어서야
비로소 풀려나 창고에 가 눕는

나와
예순 다섯 먹었다는 카센타 사장님 이야기를

연둣빛 버드나무 가지가 엿듣고 있다

튀밥

거실 밖 유리창에
흰 눈 내린다

엊그제 튀겨온
하얀 튀밥 생각난다

백두산보다 높은 그 어디쯤
신의 손길이
떠도는 물방울 끌어당겨
펑 튀겨 하얀 눈 만들었겠지

어깨 시린데
마음은 따뜻하다

친구의 오래된 편지를 읽는달까
겨울밤

생전의 어머니 동치미를 먹는달까

그릇에 담긴 튀밥을
오물오물 먹으면
어느새 마음에 흰 눈이 내려
눈 따라 내리는
아득한 옛날의 이야기 소리

도란도란 들려오는
달고 슴슴한 이야기 소리

밀물처럼 밀려와
오래도록 서성이는
그리움, 어둑한 창밖
흰 눈이 내려

슬픔의 위안

슬픔을 꺼내 내걸었습니다
햇살에 윤기 나는 나뭇잎처럼 반짝이더군요
하얀 손수건처럼 나부끼기도 했구요
아무리 봐도 잘했다는 생각이었습니다

그 슬픔을
날아가던 새가 쪼아 먹습디다
맛이 없는지 툴툴대더군요
몇 번 찍어보다 이내 포르릉 날아갔습니다

지나면서 혀를 끌끌 차는 이도 있었습니다
그니는 머릴 쓸어 올리며 한숨짓기도 하고
눈가에 슬핏 물기도 머금었습니다
그러나 거기까지였어요

따뜻한 마음에 모두 같이 슬퍼하였지만

나머지는 모두 내 몫이었습니다
스스로 견디고 스스로 일어서야 할 일이었습니다

세상에 슬픔을 내어 건 후
바람이 불고
강물은 흘렀습니다

삼년을 살아내듯
하루하루가 더디 가고
불면의 밤이 휘어지는 곳
새카맣게 타는 입술

젖은 산 뒤로
그렇게 한 시절이 흘러갔습니다

선한 마음

꽃의 이마를 보았나요

네!

나는 어제
먼 하늘 빛
봄의 들녘에서

꽃의 이마를 보듬고
키스하는
노랑나비를 보았답니다

하얀 개

가라앉은 꽃봉처럼 그가 죽었다
요양원 뒤뜰 임종실에서
죽음이 조금 힘들었나 보다
반쯤 벌린 입에
얼굴이 약간 비틀어져 있다
그가 죽은 후미진 방 앞에
하얀 개 한 마리 묶여 있었다
두 귀는 쫑긋하고
앞발이 대나무처럼 굵고 곧다
가족들이 달려와
죽은 그를 구급차에 옮겨 싣는다
작은 소란이 일고
흰 천에 덮인 말 없는 그를
하얀 개가 바라본다
구급차에 시동이 걸리자
하얀 개가 벌떡 일어나 꼬리를 흔든다

구급차가 서서히 멀어지자
하얀 개가 주인을 떠나보내듯
끙끙거린다
그의 마지막을 가장 가까이에서 지켜 본
하얀 개
개의 낑낑거리는 소리를
지상의 마지막 소리로 듣고 죽은
그

꽃과 나무

- 꽃은 늘 달아나려 하고

꽃은
나무이기도 하고 나무가 아니기도 하여서,

조그만 바람에도 나뭇가지는
저리 몸서리치는데

꽃은 어느 날 미련 없이 훌쩍 가지에서 뛰어내려
영원의 뒤안길로 사라져가고

작별의 인사말이나 했는지 몰라
연분홍 손사래나 흔들었는지 몰라

누 만 년 이어져온 사랑의 이
서글픈 역설 앞에

나무는

불에 덴 살갗처럼 화들짝 움츠려

외롭고
황량한 것들의
이빨 부딪는 소리에
잠 못 이루고,

어떤 막막함으로 나무는
나무의 진물 나는 상처를 위로받을 수 있을까

낙관주의자

18년 유배 생활에
다산은 아들에게 유산으로
勤과 儉 두 글자를 물려주었다지만
나라면
樂과 觀 두 자를 물려주었을 게야

낙·관

낙관은 즐거움 만끽하는 기분이 아니야
삶을 일으켜 세우는
동앗줄 같은 근육이지

9할의 절망에
1할의 희망이 버무려져 있을 때
집안을 들이친 흙탕물에
순금 싸래기 휩쓸려 나갔을 때

눈앞은 캄캄
앞날은 막막
메마른 영혼에 쓰디쓴 바람 스치는 소리

남아 있는 것의 절반을
그 절반의 절반을
놓치지 않고 잡아채는
매의 매서운 눈

그리하여 낙관주의자는
꽃씨를 심을 흙이 없을 때
자신의 가슴에서 흙을 파내는
그런 사람인 게야

비밀

모든 비밀은 달라붙으려는 경향이 있다
옷에 붙는 도깨비바늘처럼
떼어내도 한사코 달라붙는다
포스트잇처럼 눌러놓는다고
한 자리를 지키고 있을 비밀이 아니다
준동하는 날개가 있어
날개의 파닥이는 근육이 있어
비밀은 삽시간에 소문의 강을 건넌다

비밀의 전부를 말하지 마라
그것을 제 힘으로 견딜 사람 아무도 없으니

아름다운 날
- 최교진 형에게

지난날의 내가 오늘의 나를 안아 주러 온다

지난날의 어머니가 오늘의 나를 안아 주러 온다

故人이 된 옛 사람들이

오늘의 나를 지긋이 안고 있다

나는 그냥 흐느낀다

*

시간이 흰 종이를 자르는 카터 칼처럼
날렵하게 떨어질 때
아이들은 아무것도 하지 않아도 좋다
아무것도 하지 않고

무럭무럭 자라기만 해도 좋다
비 먹고 우쑥우쑥 크는 옥수수 대처럼
울음을 온몸으로 울 줄 알고
피 속에 따뜻한 동물 하나 키우는

힘이 있다면

죽을 때 힘이 있다면

난 두 팔을 쫙 벌리고 싶네

다리도 쭉 펴고 싶네

그 자세로 죽고 싶다네

튼튼한 나무 모양으로 말일세

하늘을 향해 기도하는 자세가 아니라

땅에서의 생활에 벌 받는 자세가 아니라

나무 한 그루

한곳에 붙박혀 싱싱하게 자란

나무 한 그루로 다시 태어나고 싶다네

새 한 마리 어깨에 기를 지도 모르네

지나는 행인 위해

노란 열매 맺을지도 모르네

힘이 있다면

죽고 나서도 그럴 힘이 있다면

공묵의 처

공묵이 처를 맞아들였다
오래도록 같이 살아 공묵의 처는 공묵을 닮았다
공묵이
인위, 애욕, 쪽 등을 싫어하니
공묵의 처도 그러하였다
공묵이 새벽에 일어나
줄넘기를 한다
공묵의 처도 줄넘기를 한다
서로 천리 길을 가기 위함이었다
성냥개비처럼 야위어가는 생에
둘도 야위어 문득 하나가 되었다
다른 길을 가면 다른 사람이 된다

존재의 風味

권덕하(시인 · 문학평론가)

　아무것도 걸려 있지 않은 흙벽에 기대고 앉아 하릴없이 듣던 매미 소리, 그 소리에 야위어만 가던 처마 그늘에 오래 머물던 눈길이 있다. 그러다가 그런 즈음에 툇마루 가에 주뼛한 수탉 볏과 맨드라미가 헛갈려 고개 갸웃하다 말다 이냥저냥 하루해 저물면 어스름이 슬그머니 꺼내 놓은 저녁 연기만 눈에 들 때, 어둔 얼굴에서 매캐하게 흘러나오던 어른들의 혼잣말을 엿들으며 까닭 없이 서러워질 때, 가슬가슬한 벽지를 쓸어보며 심심파적하던 시절을 떠오르게 하는 시인이 있다. 가령 신동엽이나 박용래의 시를 읽을 때 불현듯 살아나는 옛 고향의 푸서릿길에서 서성이는 모습으로 다가오는 사람이 있다.

　조재도 시인, 그는 요즘 구경하기 힘든 서정의 자리에 늘 머물러 있음으로써 기억의 편집을 거슬러 생동하는 체험을 오롯이 되살리는 힘을 발휘하고 있다. 난해한 글에 일삼아 매달려 있다가 책장을 덮고, 시인의 시집, 가령, 『그 나라』, 『백제시편』, 『좋은 날에 우는 사람』 중에 한 권을 뽑아들고 아무데나 펼쳐 읽다보면 산그늘 내린 것처럼 옛 시인의 실존을 사뭇 그리워하던 마음에 단박 산들바람이 불기 시작한다. 그렇게 조재도 시인은 나에게 바람이 불어오는 곳 중의 하나이며 잊을 수 없는 풍경으로 이끄는 길라잡이다.

어쩌다 조 시인을 만나게 되면 공주나 부여 옛 모습이 자연스럽게 떠오른다. 강에서 멱 감다가 탄 감자 같은 몸이 되어 찡그린 얼굴로 찾아든 둥구나무 아래 그늘진 멍석 위에 누워 당원 녹인 물을 마시며 놀던 어린 시절의 기억에 흑백사진처럼 흐릿하던 일들이 오감을 들깨우며 불현듯 나타나면, 무너진 옛 성터 와당 조각 모양으로 남은 정서의 흔적까지 어루만지게 된다.

지금부터 두 해 앞선 봄날 가까운 벗의 사진전을 축하하는 자리를 마무리한 다음 인사동 여느 식당에서 조 시인과 이야기를 나눈 적이 있는데, 교직을 그만두겠다는 말을 불쑥 꺼내는 것이었다. 그때 나는 적지 않게 놀란 귀가 되었으나 그의 속내까지 종잡으려 하지 않았다. 어쩐지 그의 처지를 쉬이 이해할 수 있을 것 같았기 때문이다. 해직과 복직을 거듭한 우여곡절이 서려 있는 일터이자, 가르치고 배우는 일에 대한 남다른 애정으로 아이들과 오랜 세월 함께한 삶터를 떠난다는 말 속에 담긴 저간의 고뇌를 가늠해 보긴 했으나, 제도권 교육의 현실을 두고 긴말 얹기가 어쭙잖은 것이 내 형편이라서 잠자코 가만있었던 적이 있다. 더 없이 쓸쓸한 말이었지만 그가 분명한 생각을 하고 무엇인가를 찾아냈고 그것으로 오래간만에 힘을 낸 것이라고 여겼다. 그렇게 알게 모르게 신자유주의에 사로잡히고 경분(競奔)에 지친 학교 현장을 뒤로 하고 필연성을 따라 자신의 본성을 발현할 만한, 덧걸리지 않고 온전히 제 일에 전념할 수 있는 다른 자리로 시인은 성큼 걸어 들어간 것이다. 그 뒤로 감꽃 빛깔 두른 백제 유민 모습과 들깨 내음 은은한 목소리가 사뭇 그리워지기도 했지만 만날 기회를 일부러 마련하지 못하고 한 곳으로 다니며 누흙어져 지냈는데, 뜻밖에 그가 시집 원고를 안부 묻듯 보내온 것이었다. 반갑게 맞이하고 나서 바람벽에 걸어 두고 편편이 감상하다 보니 자연스레 그의 옛 시집 갈피에도 눈길이 가곤 했다.

시집으로 아홉 번째인 『공묵의 처』는, 말하자면 시인이 학교를 그만둔 후에 낸 첫 시집이다. "선생 하는 일이 / 벼랑 끝에 매달려 있는 것 같아서 / 에라 모르겠다 / 손 놓아 버린 후"(「백수론」)의 근황을 이 시집을 통해 짐작해 볼 수 있겠다. 시집에 실린 시를 천천히 음미하면 시 쓰는 "사람의 마음"이 어딜 다니는지 어디에 머무는지 알 수 있고, 그 마음을 따라가서 함께 길동무하면 저절로 소요를 즐기게 된다.

그곳엔 바람이 살데
바람이 울리는 풍경소리가 살데

그곳엔 산수유나무가 살데
붉은 열매 톡 톡 쪼는 동박새가 살데

고요가 살데
종소리의 끝 울리다 울리다 가라앉은 자리
빗방울처럼 고인 고요가 살데

가을엔
산절에 가고픈 마음

쇠리쇠리 얇아져
투명해지고 싶은 마음

댕댕댕 담쟁이가 살데
담쟁이 넝쿨의 담홍빛이 살데

– 「투명」, 전문

고요하고 맑은 세계다. 시인은 지금 여기에 머물러서 자신의 체험 주체가 상기하는 고요의 '나라'를 그리고 있다. 그 나라는 그의 심미적 마음 상태를 닮아 있다. 한 사물, 한 풍경에 머물러 마음이 지극히 고요해질 때 투명하게 느껴지는 존재의 기운이 있다. 시인은 사람들이 간섭하지 않는 천연의 자리를 마음으로 비춘다. 그는 느끼고 인식하고 이해하는 것을 살지, 명령 받고 복종하는 것을 따르지 않는다. 다른 이에게 가르침을 받거나 책을 읽는 것보다 제 마음의 고요를 들여다보고 제 마음의 소리에 귀 기울이는 것이 훨씬 유익하다. 고요의 힘으로써 보고 들을 수 있는 표현이 있어 시인에게 심미적 상태를 유지하는 일이 중요하다. 옛글에 "마음에 서린 뜻을 피운 것이 시"라서 "시는 마음소리"라고 이르지 않았던가. 그러다 보니 그의 시에서 마음 역시 자연의 일부로서 몸과 나란히 활동하는 것임을 여실히 느낄 수 있다. 마음은 한가롭고 몸은 천천히 노니는 경지가 '속도의 정치'를 부질없게 만들고 있다. 그래서 시를 음송하다 보면 현실과의 긴장을 넘어 고요에 닿은 운신의 폭과 깊이를 느낄 수 있을 따름이다.

　뒤울안
　감나무 앵두나무 라일락 나무
　아침부터 어머니
　풀을 매신다

뭘 거기까지 매고 그러세요, 하자

조금 있으면 꽃 떨어질 텐디

꽃자리 봐 주면 좋지 않간

아, 꽃자리

꽃 질 자리

꽃을 피우는 건 나무의 마음이지만

꽃 질 자리 봐 주는 건

사람의 마음

어머니 손길이 다녀간 자리

환한 그늘에 소보록히 떨어질

감꽃 본다

앵두 꽃 본다

- 「꽃자리」, 전문

시인의 마음만이 "꽃 질 자리 봐 주는" "사람의 마음"까
지 볼 수 있다. 꽃자리는 "어머니 손길이 다녀간 자리"(「꽃자
리」)라는 표현에서 시인의 존재론적 태도와 심미적 심리상태
를 엿보게 된다. 다른 존재자들 하나하나 예사롭게 보아 넘기
지 않는 마음씀씀이를 따라가는 손길이 미치는 자리가 얼마나

너르고 깊을 수 있는지 꽃자리 보는 마음에서 충분히 짐작할
수 있다. 존재자를 기리지 않고는 볼 수 없는 자리에 숨결을 불
어넣으면 "환한 그늘"로 생동하는, 존재의 풍미(風味), 곧 노
래 맛을 즐기는 시인에게 이제, 시는 자신을 포함한 다른 존재
자들과 더불어 천연의 자리로 돌아가 본래의 아름다운 맛과
멋을 표현하는 귀거래사(歸去來辭)인 셈이다.

　이 시집에는 "저만치 혼자서 피어"(김소월,「山有花」) 있는
자연이 담겨 있다. 시인은 첫 시「여름」부터 자연으로 가는 시
야를 열어 준다. 시인의 눈길을 따라 빈집을 바라보다가 빈집
을 바라보는 시인의 마음을 본다. 시인의 마음에 깃든 여름 한
철을 본다. 빈집, 곧 시인의 마음에 자리 잡은 것들은 풍경을
이루고 이것이 우주의 진경임을 나타낸다. 빈집은 빈 마음이
며, 곧 우주의 일부이니, 거기에서 비어 있음에 터 잡은 존재자
들이 가득한 상태를 본다.

　집을 바라보는 시인의 마음을 헤아릴 때, 사람이 지은 집이
이제 자연의 상태로 돌아가 스스로 그러한 상태가 되었으니
빈집이란 말은 인위를 겨냥한 역설로 들린다. "인간이 가진 모
든 것 비우고서야 / 비로소 들어설 수 있는 문 안에서 / 스스로
그리되어 가는 것들 / 어느 먼 옛날로부터 와 잠시 반짝이다 가
는 것들"(「원시성」)이 존재한다. 집은 이제 비로소 소유의 대
상이 아니라 존재하는 상태가 되었다. 집은 이제 당위의 고집

102

이 아닌 실존의 상태로 생동한다. 시인은 모든 존재자들을 있는 그대로 놔둔다. 저마다의 타고난 본성을 간섭하거나 어지럽히지 않고, 시인의 고요한 심미적 심리 상태가 물상을 거울처럼 그대로 비출 뿐이다.

그런데 한때 "생이 오래도록 머물렀던 집"(소설 『이빨자국』, 후기)이라서, 정들었던 곳이라서 그런지 처연하다. 인적과 함께 인정이 사라진 곳에서 유정한 것을 더듬는 것인가. 시인의 쓸쓸한 마음 자락이 보인다. 이 시대에 나는 이런 마음이 참으로 귀하다고 생각한다. 많은 사람들이 이런 시가 지닌 깊은 뜻을 보아 넘기고 만다. 그러나 시인은 정념에 사로잡히지 않고 하나로 돌아간 자리에서 서성인다. 고집과 집착을 버린 상태, 빈집의 심미적 상태를 통해 천연의 질서를 보여 준다. 인위와 껍데기를 벗고 무위로 돌아간 시공간의 실존에 대한 인식이 시인의 시 세계를 관류하고 있다.

그의 시는 자연으로 끝없이 돌아온다. 시「화창한 날」이 보여 주듯 사고 난 차량은 "질주의 정글에서 벗어나 / 싯푸른 모와 몰랑몰랑한 흙에 입 맞추고 싶었을까 / 쉬고 있다"고 묘사된다. 인간의 손익과 이해관계에 괄호치고 지금 여기를 있는 그대로 보면 넘어진 김에 쉬어가는 경지 또한 예사롭지 않은 것이다. 우리는 과연 무엇을 위해 잠 한숨 못 자고 나비에 한 눈 팔 겨를도 없이 사고를 무릅쓰며 서둘러 길 아닌 길을 가고 있는 것인가. 이러다 겪는 '사고 후'의 세계는 '장마 뒤'의 세계로 이어진다.

> 강아지풀을 손에 쥐고 쥐었다 폈다 한다
>
> 강아지풀이 옴쏙옴쏙 밖으로 기어 나온다
>
> 손아귀 가장자리가 풀끝에 간지럽다
>
> 논둑을 타고 넘는 붉은 흙탕물
>
> —「장마 뒤」, 전문

아이 때 강아지풀과 놀던 기억이 되살아난다. 놀만한 장난 감이 없으니 별수 없이 자연을 벗 삼던 시절 강아지풀을 손아귀에 넣고 놀리면 그 촉감은 얼마나 살가웠던가. 그랬지, 라고 무릎을 치게 만드는 것으로 정감을 회복하고 나니 장마 끝에 보는 흙탕물이 몰고 온 추억들 역시 풋풋한 풀빛 동심의 향기와 함께 어우러져 선명해진다. 그런데 시는 강아지풀과 놀다가 "논둑을 타고 넘는 붉은 흙탕물"을 한 자리에 두고 있다. 강아지풀과 흙탕물을 강렬하게 대비함으로써 존재자들의 여리고 센 기운을 새삼 느끼게 하며, 손아귀와 논둑이라는 인위를 넘는 이런 자연스런 존재자들의 자기표현은 교감을 통해서만 짐작할 수 있는 공동성을 갖고 있다. 곁에 있는 생명과 감촉하는 즐거움을 잊고 살았는데, 어짊[仁]과 같은 사람들 사이에서 통용되는 미덕에 대해 갸우뚱하게 하면서 존재자의 여력이 출현한다. 그의 시는 인간이 잃고 잊어버린, 자연과 더불어 노니는 경지를 되살리고 있는 것이다.

　이 시집의 시편들은 인간의 편견을 괄호로 묶고 정념에 거리를 둔 상태, 슬픔을 내다 걸고 스스로 해야 할 일을 하는 나, 너, 그리고 어떤 것들에서 "다 함께 아름다운 풍경으로 / 흔들리는 것들"(「저수지가」)까지 무릎걸음으로 다가가 인식하고 이해하는 길을 열어 두고 있는 것이 특징이다. 시인은 마음의 눈으로 이물관물(以物觀物)하는 심미적 심리 상태를 일관되게 유지한다. 그리하여 존재자들은 불완전한 상태에서 완전한 상태이어야 하는 것이 아니라, 나름대로 완전한 것임을 시인은 강조하며 "모두가 높이뛰기 선수인 봄날"(「높이뛰기 선수들」)을 보여 주고 있다. 일이 적어져 맑아진 시인의 마음은, 낮에는 칠면칠색(七面七色)이다가 저녁이 되면 밥 먹으라고 불러대는 엄마처럼 온갖 길짐승들 불러들이고 캄캄해지는 산을 비추고, "눈썹처럼 / 이마에 돋는 / 노란 초승달"을 그린다 (「저녁 산」). 이 시집은 「저수지가」와 같은 시에서 보여 주듯 홀로 함께 있는 자연이 그대로 그려진다. 시간은 과거나 미래

가 아닌 지금 이 순간에 집중한다. 기억보다 체험을 표현하고 있다. 해진 후나 새벽을 주로 그린다. 무엇보다도 시인의 관심이 자연 일반으로 확대되고, 존재와 그 흔적을 섬기는 태도가 두드러진다. 존재에 대한 이해와 인식이 말할 수 없이 빈약한 이 시대에 그의 시는 존재자의 있음과 그 표현을 섬기는 자세로 일관한다.

이 시집은 예전 시집들과 달리 토박이말이 적어지고 인적이 드물다. 존재자가 홀로 있는 정황과 외로운 정서가 짙게 배어 있다. 시인은 지금 우리 주위에서 따돌려진 이웃의 처지를 캐묻고 있는 것이다. 「하얀 개」에서 보여 주듯 노인이 임종할 때 주위에 한 사람 없이 개만 곁을 지켰다는 것이 가슴 아프고 의미심장하다. 이런 상황은 이 시대에 소외된 계층의 단절된 관계를 전형적으로 보여 주는 삽화일 것이다. 또 다른 시에서 우리 사회의 모습은 사막으로 표현된다. "사막에 물이 없는 것이 아니다 / 물이 없는 만큼 있을 뿐이다 / 그 없는 만큼 있을 뿐인 물 물기를 / 서로 빼앗아 가는 사막"(「사막」)에서 우리는 허덕이고 있다. 자본의 논리와 목적에 따라 사람을 포함해 모든 존재자들을 상품화하거나 서로의 관계를 끊어 사뭇 외로움에 휩쓸리게 하는 현실을 시인은 직시한다. 시인은 그러나 외로움의 정황과 현실을 드러내는 일에서 멈추지 않는다. 시에서 실존적 외로움은 감상적이거나 과도한 정념으로 이어지지 않는다. 외롭기에 "가장 작은 소리에 예민하게"(「늑대」) 반응할 수 있고, 홀로 있기에 "다 함께 아름다운 풍경으로 / 흔들리는 것들"일 수 있는 능력으로 시인은 고독의 정황을 긍정하고 있다. 나중에 이 시대를 그 어느 때보다 더 어두웠던 존재 망각의 시대라고 일컬을 터인데, 시인은 시를 통해 존재 진리를 밝히고 존재에 대한 편견을 뚫고 가려고 한다. 시집 『공묵의 처』는 그런 도정에서 출현한 존재의 노래이다. 존재자들이 "저만치 혼자서 피어" 있되 함께 아름다울 수 있는데도 격절된 채 살아가는 것을 시인은 안타까이 여기며, 외롭기에 함께 살아가고 홀로 자적하기에 남들과 잘 어울리는 천연의 관계를 그리워하고 있다.

공묵이 처를 맞아들였다
오래도록 같이 살아 공묵의 처는 공묵을 닮았다
공묵이
인위, 애욕, 쪽 등을 싫어하니
공묵의 처도 그러하였다
공묵이 새벽에 일어나
줄넘기를 한다
공묵의 처도 줄넘기를 한다
서로 천리 길을 가기 위함이었다

성냥개비처럼 야위어가는 생에

둘도 야위어 문득 하나가 되었다

다른 길을 가면 다른 사람이 된다

─「공묵의 처」, 전문

시인은 그래서 "새벽 종소리"에 깃든 수많은 존재의 흔적을 보듬는 예민한 마음으로 밥 한 끼에 깃든 헤아릴 수 없이 깊은 정성과 몸짓, 밥알 하나에 맺힌 정서까지 소홀히 하지 않는다. 명령과 복종 관계만 있을 뿐 남에 대한 이해와 배려가 사라진 팍팍한 생활 전선에서, 무시당한 제 욕망은 돌아볼 겨를도 없이 인정투쟁에 여념 없는, 사회라고 할 것도 없는 사회에서 자신을 결핍된 존재로 여기고 자본권력이 요구하는 대상이 되기 위해 발버둥 치며 살아야 하는 이 시대에, 시의 힘은 존재가 타고난 역량을 온전히 되살리려고 애쓴다. 존재를 섬기는 시는 망각의 심연에서 길어 올린 존재 고유의 됨됨이를 자연스럽게 표현하고 존재자의 특이성을 아름답게 증거하고 있는 것이다.